William Shakespeare
ROMEU E JULIETA

Adaptação de
Sebastião Marinho

Apresentação de
Marco Haurélio

Ilustrações de
Murilo

1ª edição - 2011 - São Paulo

© *Copyright*, 2011, Sebastião Marinho da Silva

Todos os direitos reservados.
Editora Nova Alexandria
Avenida Dom Pedro I, 840
01552-000 São Paulo-SP
Fone/fax: (11) 2215-6252
E-mail: novaalexandria@novaalexandria.com.br
Site: www.novaalexandria.com.br

Preparação de originais: Marco Haurélio

Capa e Ilustrações: Murilo

Editoração eletrônica: Cena 8 (Cintia Viana)

DADOS PARA CATALOGAÇÃO

Marinho, Sebastião, 1948-
Romeu e Julieta / William Shakespeare ; adaptação de Sebastião Marinho ; apresentação de Marco Haurélio ; ilustrações de Murilo -
São Paulo : Nova Alexandria, 2011.
48p.   - (Clássicos em cordel)

Adaptação de *Romeu e Julieta* / William Shakespeare

ISBN 978-85-7492-211-9

1.Literatura de cordel infantojuvenil
I. Shakespeare, William (1564-1616).
II. Romeu e Julieta. III. Murilo (ilustrador). IV. Título. V. Série

CDD: 398.5

Índice sistemático para catalogação:
027 – Bibliotecas gerais
027.625 – Bibliotecas infantis
027.8 – Bibliotecas escolares

Em conformidade com a nova ortografia.

APRESENTAÇÃO

PARA COMEÇO DE CONVERSA

O presente livro é uma versão poética de uma das obras mais conhecidas da literatura universal. O autor é Sebastião Marinho, conceituado nome do repente nordestino. Esta tradição o aproxima dos menestréis medievais e, por tabela, da obra de William Shakespeare, pois o grande dramaturgo sabidamente reproduzia em sua obra vários motivos dos contos populares e da literatura folclórica. *Romeu e Julieta* é mais do que uma história de amor. Os protagonistas se tornaram arquétipos, isto é, passaram a representar o amor idealizado e as suas trágicas consequências.

Antes que William Shakespeare apresentasse aos seus contemporâneos a versão definitiva de *Romeu e Julieta*, a bela história dos jovens enamorados era um conto da tradição oral da Itália com raízes remotas num antigo mito grego que enche de poesia as páginas das *Metamorfoses* de Ovídio, no século I a.C.: a história de Píramo e Tisbe.

Píramo e Tisbe viviam na Babilônia, na época da lendária rainha Semíramis. Amavam-se, contra a vontade das suas famílias, vizinhas e inimigas. Quando descobriram uma fenda no muro que separava as duas casas, por ela, combinaram uma fuga. Deveriam se encontrar num monumento fora dos muros da cidade, o túmulo de Nino. Tisbe chegou antes do amado. Lá, para se defender de uma leoa que vinha beber água na fonte, escondeu-se numa gruta. Deixou, no entanto, cair o véu, que foi despedaçado pela leoa, que estava com a boca suja de sangue de uma presa recente. Píramo, lá chegando, viu o véu da amada, e, imaginando-a morta, suicidou-se com a própria espada. Tisbe, que ouvira Píramo gritar seu nome, foi ao seu encontro. Vendo-o expirar, arrancou-lhe a espada das mãos e feriu-se no coração. Os frutos da amoreira, que até então eram brancos, tornaram-se vermelhos, salpicados pelo sangue dos amantes. Descoberta a fuga, os pais de ambos saíram no seu encalço. O quadro trágico que testemunharam conduziu ao arrependimento e à conciliação entre as famílias antes rivais.

O LIVRO E SUA ÉPOCA

Em 1554, foi publicado na Itália um conto que narrava a história dos jovens vítimas da inimizade de suas famílias. O autor era um certo Matteo Bandelo. Esse conto, reelaboração literária de um relato tradicional, foi traduzido para o francês e, daí, para o inglês por Arthur Brooke, em 1562, com o título *A trágica história de Romeu e Julieta*, em poesia. Em 1582, William Painter retomou a versão em prosa num conto que integra o livro *Palácio do prazer*. As duas versões serviram de base para o texto de Shakespeare, escrito, provavelmente entre, 1591 e 1595.

Embora muitos pesquisadores tenham buscado vestígios da existência do casal protagonista na cidade italiana de Verona, cenário da tragédia, não existe prova contundente a respeito. Há, no entanto, um importante documento que atesta que as famílias descritas na peça realmente existiram. Os clãs rivais Montéquio (Romeu) e Capuleto (Julieta) são citados por Dante[1] na obra-prima *A divina comédia*:

"Vê, descuidoso, na aflição tamanha,
Capelletti *e* ***Montecchi*** *entristecidos.*
Monaldi e Filippeschi, alvo de sanha."

(*Purgatório*, Canto VI, tradução de José Pedro Xavier Pinheiro)

Shakespeare viveu num período áureo da história inglesa, quando reinava Elisabete I. As peças do teatro elisabetano eram encenadas no Globe Theatre, das duas às cinco e meia da tarde. Os atores eram todos homens. As mulheres estavam proibidas de atuar, e os papéis femininos – como o de Julieta – eram feitos por jovens imberbes. O filme *Shakespeare apaixonado*, de John Madden (1998), retrata, de forma romanceada, alguns pormenores do teatro elisabetano, em especial a proibição às mulheres.

As peças precisavam prender a atenção do público, formado por nobres e pela plebe. Se a comédia não despertasse o riso e a tragédia não causasse comoção, era quase certo que ovos e frutas seriam atirados no palco. Segundo a cordelista e pesquisadora paraibana Clotilde Tavares, "as mulheres amamentavam os filhos enquanto presenciavam o espetáculo, e o tema haveria forçosamente que ser atraente senão cascas de fruta e bagaços de laranja eram atirados sobre o palco, embalados por vaias, assovios e zombarias".

ROMEU E JULIETA EM LINGUAGEM DE CORDEL

Sebastião Marinho soube extrair da peça shakespeariana toda a grandeza trágica. Ao mesmo tempo, sua recriação traz elementos novos que mostram que o poeta não quis simplesmente apresentar uma cópia, em versos rimados, do velho drama teatral, explorado exaustivamente pelo cinema e pela própria literatura. A Julieta da versão em cordel é plena de graciosidade,

---
[1] Dante Alighieri, o gênio da poesia italiana, nasceu em Florença, em 1265. Exilado em Ravena, morreu nesta cidade, em 1321.

mas Sebastião vai além, ao compará-la com deusas dos velhos panteões, em duas estrofes primorosas que remetem aos grandes nomes do Romantismo literário:

> A personificação
> De Vênus, Ísis, Latona.
> Se Leonardo da Vinci
> Exagerou na *Madona*,
> Deus acertou na beleza
> Da jovem flor de Verona!
>
> Nem as deusas do Olimpo,
> Ninfas do Mar Amarelo,
> Musas do monte Parnaso
> E as Virgens do Carmelo
> Foram dignas da beleza
> Da flor daquele castelo!

Outra passagem marcante, dentre as muitas dignas de menção, é a que se refere ao retorno de Romeu a Verona, no cemitério, onde imaginava repousar o cadáver de Julieta.

> Pios de feias corujas,
> Os inóspitos mausoléus,
> Cruzes, ossadas humanas,
> Os macabros fogaréus,
> Arrepiavam os cabelos
> Dos mais convictos incréus.
>
> E nos espectros escuros
> Das catacumbas geladas
> Romeu parecia ouvir
> As sinistras gargalhadas
> De centenas de caveiras
> Seguindo suas passadas.

QUEM FOI WILLIAM SHAKESPEARE

William Shakespeare nasceu em 23 de abril de 1564 e morreu no dia do próprio aniversário, em 1616, em Stratford-Avon, na Inglaterra. Até os 12 anos, sua vida foi confortável, mas, com a falência do pai, foi obrigado a trocar os estudos pelo trabalho pesado, para sustentar a família. Mesmo assim, conservou o conhecimento adquirido na escola, estudando, por conta própria, os autores clássicos. Aos 18 anos, casou-se com Anna Hathaway, oito anos mais velha que ele. Teve duas filhas, Susanna e Judith. A tragédia também marcou esta união. Seu único filho, Hamnet, morreu aos 11 anos de idade.

Não se sabe ao certo o motivo, mas o jovem poeta resolveu seguir sozinho para Londres quando tinha 23 anos. Nesta cidade, teve vários empregos. O mais significativo foi o de guardador de cavalos em um teatro. Tempos depois, Shakespeare atuou em pequenos papéis, na época em que já escrevia algumas peças. Mais tarde, virou sócio do teatro e, depois, tornou-se dono do lugar.

Suas peças teatrais garantiram-lhe a imortalidade. Entre os seus dramas, destacam-se *Otelo, Romeu e Julieta, Hamlet, Rei Lear, Macbeth, Henrique V, Ricardo III*. As comédias, todas memoráveis, incluem títulos como *A megera domada*[2], *Muito barulho por nada, O mercador de Veneza* e *Sonho de uma noite de verão*.

---
[2] A comédia *A megera domada* integra a Coleção Clássicos em Cordel, em adaptação de Marco Haurélio.

QUEM É SEBASTIÃO MARINHO

Sebastião Marinho da Silva nasceu em 10 de março de 1948, no Sítio Bonsucesso, Solânea, Paraíba. São seus pais: Manoel Anulino da Silva e Damiana Marinho do Nascimento. Desde criança costumava assistir às apresentações dos mestres do repente no pé de serra em que nasceu. Teve como professores João da Silveira, Zé Duda Flor, Antônio Eugênio da Silva, João Caetano e outros grandes cantadores e cordelistas da época. Profissionalizou-se como cantador repentista aos 20 anos. A primeira cantoria de que participou ocorreu em 15 de novembro de 1968 e, nela, foi seu parceiro o repentista paraibano Cícero Alves de Lima (Beija-Flor).

Atualmente, Sebastião reside em São Paulo (SP) e preside a UCRAN (União dos Cordelistas, Repentistas e Apologistas do Nordeste). É presença constante na imprensa paulista. Sua fonografia inclui seis CDs e um LP, nos quais conta com a parceria de Andorinha, Mocinha da Passira, Luzivan Matias, João Quindingues e Apolônio Cardoso. Além disso, participou de 26 coletâneas de repentismo.

William Shakespeare

ROMEU E JULIETA

Vasculhando alfarrábios
Desbotados na gaveta,
Deparei-me com a obra
Maior de todo planeta:
É a shakespeariana
De *Romeu e Julieta*.

Aconteceu na Itália,
Na cidade de Verona,
Esse sinistro episódio
Onde a obra menciona
Que sendo contra o amor
O ódio não funciona.

Enfoca duas famílias
Ricas da sociedade:
Montéquios e Capuletos,
Que agitavam a cidade
Com uma velha pendenga
De mortal inimizade.

Essa rixa se estendia
Aos mais remotos parentes,
Envolvendo servidores,
Até os seus dependentes.
Nos encontros casuais
As brigas eram frequentes.

Serviçais das duas casas
Só viviam de bravatas.
Derramamento de sangue,
Correrias insensatas
Quebravam a harmonia
Daquelas ruas pacatas.

No castelo Capuleto
De laureado esplendor,
Tinha a jovem Julieta,
Um verdadeiro primor,
A pureza de um anjo,
A candidez de uma flor.

A personificação
De Vênus, Ísis, Latona.
Se Leonardo da Vinci
Exagerou na *Madona*,
Deus acertou na beleza
Da jovem flor de Verona!

Nem as deusas do Olimpo,
Ninfas do Mar Amarelo,
Musas do monte Parnaso
E as Virgens do Carmelo
Foram dignas da beleza
Da flor daquele castelo!

Parecia um querubim
Enviado lá de cima
Para fazer do amor
A sua matéria-prima,
Merecendo das pessoas
A mais devotada estima.

No castelo dos Montéquios
Vivia o moço Romeu,
Que no regaço dos pais
Nasceu sadio e cresceu.
O jovem mais elegante
Que Verona conheceu.

Eram Benvólio e Mercútio
Os seus colaboradores,
Que nos momentos difíceis
Pra si tomavam as dores,
Assim poupavam o jovem
De fortuitos dissabores.

Certa vez o Capuleto
Convidou toda a cidade,
Principalmente famílias
Da alta sociedade,
Para uma grande ceia
Na sua propriedade.

Compareceram à festa,
A elite veronesa,
Rapazes, moças grã-finas,
A casta da realeza,
Altas personalidades
Da refinada nobreza.

Romeu, Benvólio e Mercútio,
Mascarados bem vestidos,
Também chegaram na festa
E foram bem recebidos
Pelo senhor Capuleto,
Sem serem reconhecidos.

Agradecendo aos três
Pelas presenças convindas,
Capuleto ainda deu-lhes
Abraços de boas-vindas,
Oferecendo pra dança
Na sala três moças lindas.

Ele contou aos rapazes
Num papo descontraído
Que jovem usava máscara,
Segredando no ouvido,
De muitas damas formosas,
Não sendo reconhecido.

Romeu no salão de baile
Sentiu o sangue gelar:
Viu uma dama dançando,
Que parecia ofuscar
As luzes dos candelabros
No brilho do seu olhar!

Entre ornatos brilhantes,
Flores, velas, castiçais,
Cortinas e lantejoulas,
Pratarias e cristais,
Estava sua beleza
Cintilando muito mais.

Ela, de cabelos soltos,
Levitava no salão,
Cadenciando prelúdios,
Roçando de leve o chão,
Parecia mais um cisne
Num lago do coração.

O Tebaldo, primo dela,
No salão apareceu,
Astuto como um coiote,
Por instinto percebeu
Que aquele mascarado
Tratava-se de Romeu.

Já foi instigando o tio,
Falando barbaridades,
Que jamais toleraria
Tamanhas leviandades
Da presença de Montéquios
Nas suas solenidades.

Respondeu-lhe Capuleto:
— Romeu é moço educado...
Mas o Tebaldo jurou
Por tudo que era sagrado
Que daquele desaforo
Ele seria vingado.

Com a intervenção do tio
Tebaldo se acalmou
E Romeu, boquiaberto,
No salão continuou
Encantado com a dama
Até quando terminou.

No final cumprimentou-a
Como faz o jovem fino,
Afagando a sua mão
De leve toque divino,
Chamando-a de relicário,
Sendo ele um peregrino.

Se acaso o peregrino
Houvesse assim profanado
O sagrado relicário
Talvez por tê-lo tocado,
Deveria então beijá-lo
Pra redimir seu pecado.

Disse a dama ao peregrino:
— Os santos em vosso altar
Têm mãos que os peregrinos
Nas mesmas podem tocar.
No entanto existem regras
De tocar, mas não beijar.

Entre frases amorosas
Com os jovens divagando,
De repente a senhora
Capuleto foi chegando
Dizendo: — Gente, obrigada.
A festa está terminando.

E convidou Julieta
Para sentar a seu lado.
Aquela cena hilária
Deixou Romeu arrasado,
Por ser uma Capuleto
A dama do seu pecado.

E, sendo um jovem valente,
Romeu refletiu consigo
Que fugir daquele amor
Seria muito castigo.
Preferia mais a morte
Nas mãos do seu inimigo.

Julieta, fulminada
Pelas chamas da paixão,
Recolheu-se em seu solar
Procurando explicação
Como foi que um Montéquio
Conquistou seu coração.

E quando deu meia-noite,
Romeu da festa saiu.
Logo o perderam de vista,
Aonde foi, ninguém viu.
Procurando Julieta
Na escuridão sumiu.

Parecia que os deuses
Conspiravam a favor
Daqueles dois inocentes
Que, no pedágio da dor,
Teriam de pagar caro
O preço daquele amor.

Romeu naquele castelo
Acabara de chegar,
Após cruzar a muralha
Que dava acesso ao pomar,
Apareceu Julieta
Na janela do solar.

Na hora em que Julieta
Apareceu na janela,
Romeu achou ser Cupido
Dirigindo os passos dela,
Por ele nunca ter visto
Coincidência daquela.

Contemplando-a na janela,
Romeu teve a certeza
Que jamais outra mulher
Teria tanta beleza.
Parecia um arcanjo
No nicho da natureza.

As estrelas peregrinas
Desciam a céu aberto
Até a sua janela,
Denunciando por certo
À jovem que seu amado
Estaria ali bem perto.

Sua beleza infinita
Obrigava no nascente
A lua pálida e enferma
Aparecer debilmente,
Depois sumir com inveja
Na janela do poente.

No seu busto escultural
As salientes molduras
De duas pérolas intactas
De extremidades escuras
Pareciam duas réplicas
De mangas rosas maduras.

Ela pôs a mão no rosto.
Romeu, na ocasião,
Disse: — Quero ser a luva
Naquela divina mão
Para tocar sua face
E sentir seu coração.

Julgando-se ali sozinha,
Suspirou profundamente,
Exclamando: — Ai de mim!
Chamou repetidamente
Pelo nome do amado,
Que ela supunha ausente.

— Ah, meu Romeu onde estás? —
Repetiu ela outra vez. —
Anjo, renega teu nome
Pelo meu amor, talvez...
Ele sentiu-se tentado
De falar, mas não o fez.

Julieta exprobrou
Ao Montéquio duramente,
Desejou que ele tivesse
Outro nome diferente,
Desfazendo-se daquele
Pra ser sua eternamente.

Romeu não mais se conteve,
Mesmo com certo temor.
E do jardim onde estava
Falou chamando-a de flor
E pediu-lhe que apenas
O chamasse de amor.

Alarmada por ouvir
Voz de homem no jardim,
Reconheceu ser Romeu,
Censurou-o mesmo assim,
Temendo sua família
Descobrir e dar-lhe fim.

Romeu disse: — Há mais perigo
Nos teus olhos, minha flor,
Do que em vinte espadas
Nas mãos do vil opressor.
Prefiro morrer lutando
Do que perder teu amor!

— Como chegaste aqui? —
Julieta perguntou. —
Por indicação de quem?
Romeu não titubeou:
— Foi teu amor, minha santa,
Que até aqui me guiou.

Se estivesses mais longe
De mim, para teu conforto,
Em uma longínqua praia
Banhada pelo mar Morto,
Eu me aventuraria
A encontrar o teu porto.

Ela procurou manter
Romeu longe do solar,
Simulando indiferença,
Temendo ele a julgar
Como moça leviana
E fácil de conquistar.

E naquela madrugada
Chegaram à conclusão
Que na união dos dois
Estaria a solução
Para fazer das famílias
A reconciliação.

Assim os jovens estavam
Realmente decididos:
Casarem secretamente,
Porque estando unidos
Livrariam as famílias
De tantos mal-entendidos.

Ela jurou a Romeu,
Pelo seu amor profundo,
Que após o casamento
Poria a cada segundo
O seu destino aos pés dele
Em qualquer parte do mundo.

Quebrando todo diálogo
Que ao casal envolvia
Ouviu-se a voz da aia
Que com a jovem dormia,
Convidando-a para cama,
Que estava raiando o dia.

Daquele feliz encontro
Romeu saiu encantado
E falou com Frei Lourenço
Para casá-lo apressado
Com a linda Julieta,
Como haviam combinado.

Frei Lourenço censurou
Dos dois o comportamento,
Depois achou que unidos
Por meio do casamento,
Salvariam as famílias
De tanto ressentimento.

Julieta, avisada
Pelo mensageiro seu,
Chegou bem cedo ao convento
Unindo as mãos a Romeu.
O monge abençoou
Dos dois o santo himeneu.

Agradeceram ao frei
E saíram do altar.
Ela voltou para casa,
Romeu foi comemorar,
Mas seu castelo de sonhos
Começou desmoronar.

Iam Benvólio e Mercútio
Passando na vizinhança,
Quando um grupo Capuleto,
Tebaldo na liderança,
Encurralou os rapazes
Vociferando vingança.

Entre Tebaldo e Mercútio
Acirrou-se a discussão.
Romeu tentou acalmar,
Mas o Tebaldo turrão
Insultou-o duramente,
Chamando-lhe de vilão.

Romeu fingiu não ouvir
De Tebaldo a ameaça,
Chamou-o "bom Capuleto".
Ele, querendo arruaça,
Arrastou a sua espada
E começou a desgraça.

Mercútio encarou Tebaldo
E foram "largando a lenha".
Os dois, possessos de ódio,
Naquela luta ferrenha,
Pareciam duas feras
Endiabradas na brenha.

Ferido por vários golpes
O Mercútio, mortalmente,
Sobre os ombros dos amigos,
Foi caindo lentamente.
Por ele toda a cidade
Chorou dolorosamente.

Parecendo despedir-se
Do querido povo seu
Debatendo-se nos braços
De Benvólio e Romeu,
Mercútio deu um sorriso,
Fechou a boca e morreu.

Romeu, vendo seu amigo
Dando os suspiros finais,
Jurou vingar sua morte.
Não protelaria mais:
Tinha que jogar Tebaldo
No fosso dos imortais.

Ali estava Tebaldo
Urrando enfurecido,
Provocando outro duelo,
De cunho mais aguerrido,
Para selar a vingança
Com seu alvo pretendido.

Avançou contra Romeu
Feito um leão furibundo,
Dizendo: — Mais um Montéquio
Mando para o outro mundo.
Já derrubei o primeiro,
Vou detonar o segundo!

Romeu disse: — Capuleto,
Você abusou da sorte.
Eu evitei combater
Seu gênio cruel e forte.
Depois, com toda certeza,
Lamentarei sua morte.

Os dois entraram em luta
No pino do meio-dia.
O sol como astro rei
Penosamente cobria
Aquele triste cenário
De tanta selvageria.

O tilintar das espadas
Fazia ensurdecer
A multidão que, presente,
Não parava de tremer,
Esperando em cada golpe
O pior acontecer.

Tebaldo era estúpido,
Agia como um selvagem.
Romeu, além de valente,
Esgrimista de linhagem,
Perante o seu oponente,
Tinha profunda vantagem.

Bastaram poucos minutos
Para o jovem Romeu
Arrebentar com Tebaldo,
Fazendo o que prometeu:
Aniquilando o carrasco
De Mercútio, amigo seu.

Após a torpe tragédia,
Romeu saiu tresloucado;
Valeu-se de frei Lourenço,
Chorando desesperado.
Por lá ficou escondido
Aguardando o resultado.

Montéquios e Capuletos
Estavam todos presentes:
O príncipe, de quem Mercútio
Era um dos seus parentes,
Culpou as duas famílias
Pelos inconvenientes.

A senhora Capuleto,
Num palavrório inflamado,
Ao príncipe solicitou
Pra Romeu ser condenado
Com a sentença de morte
Pelo crime praticado.

Mas a senhora Montéquio
Pediu, temendo o perigo,
Para o príncipe poupar
Romeu daquele castigo
Pela razão do Tebaldo
Ter matado seu amigo.

Ignorando as senhoras,
O príncipe foi radical,
Pronunciou a sentença
No veredito final:
Baniu Romeu de Verona,
A sua terra natal.

Por Romeu matar Tebaldo,
O castigo foi pesado
E a cidade de Mântua
Foi o lugar indicado
Para o jovem lá cumprir
A sua pena, exilado.

Para a jovem Julieta
A notícia foi pesada:
Há poucas horas sorria,
Feliz por estar casada;
Agora pela sentença,
Pra sempre divorciada.

Casada recentemente,
O seu maior desencanto
Foi Romeu matar o primo
Que ela prezava tanto.
Achava ele um demônio
Usando cara de santo.

Chamou-o de belo tirano
E de pombo de rapina:
— Doce anjo diabólico!
Alma santa viperina!
Coração de belzebu
Com aparência divina!

Frente aos ressentimentos,
Enfim o amor venceu.
O pranto que Julieta
Chorou pelo primo seu
Transformou-se em alegria
Pela vida de Romeu.

Na hora em que Romeu soube
Da sua condenação,
Sendo obrigado a deixar
Sua gente, seu torrão,
Jogou-se contra a parede
Como quem perde a razão.

O monge quis incutir-lhe
A luz da filosofia:
Que matando a si mesmo,
Certamente mataria
A esposa que somente
Da vida dele vivia.

E, naquela mesma noite,
O monge literalmente
Obrigou-o a procurar
Julieta novamente
Para despedir-se dela
E partir secretamente.

Romeu saiu apressado,
Sozinho na noite fria,
Subiu e entrou no quarto
No qual a moça dormia.
Foi um arrebatamento
De amor e alegria.

Juntos passaram a noite
Envoltos num só lençol.
Foi tanto que a cotovia
Cantando ao raiar do sol,
Julieta achou que fosse
Um noturno rouxinol.

A noite passou depressa
Tragada pela paixão
Daqueles jovens sedentos
De amor em ascensão,
Sorvendo cada minuto
Antes da separação.

Romeu, saindo do quarto,
Temendo qualquer perigo,
Quando cruzou a janela,
Julieta em seu castigo
Viu nele um cadáver inerte
No fundo de um jazigo.

Romeu parou no pomar
Antes de sua partida,
Ouviu pela última vez
A voz da sua querida.
Foi o derradeiro encontro
Que os dois tiveram com vida.

Na manhã daquele dia,
Romeu partiu com tristeza.
Se nos muros de Verona
Fosse visto de surpresa,
Por se achar condenado
Morreria com certeza.

Julieta ficou triste,
Em profundo desalento;
Romeu exilado em Mântua
Triplicou seu sofrimento,
Quando apareceu um conde
E lhe propôs casamento.

Foi o seu pai Capuleto
Pensando num bom partido,
Escolheu o conde Páris
Para ser dela o marido,
E assim o seu futuro
Estaria garantido.

Tentou convencer a filha
Que seria interessante
Ela casar-se com Páris,
Conde jovem, elegante,
Muito rico e descendia
Duma família importante.

Ela sempre viu em Páris
Um cavalheiro exemplar,
Mas a proposta do pai
Não poderia aceitar,
Alegando ser ainda
Muito jovem pra casar.

Falou do primo Tebaldo,
Ainda recente a morte,
Mas o velho Capuleto
Achou a recusa forte,
Dela botando obstáculos
Contra a sua própria sorte.

A insistência do pai
Fez a jovem recorrer
Ajuda ao frei Lourenço
O que devia fazer.
Se fosse casar com Páris,
Preferiria morrer.

O santo padre atendeu
A jovem desesperada.
Perguntou-lhe: — Tu estás
Realmente preparada
Para te submeteres
A uma prova pesada?

O monge naquele dia
Deu-lhe um recipiente
Contendo uma substância
Que, ingerida oralmente,
Ela ficaria inerte,
Morta aparentemente.

Ingerindo a beberagem
Que o monge emprestaria,
Por quarenta e duas horas
Julieta dormiria.
Romeu chegaria à noite,
Para Mântua a levaria.

Ainda aconselhou-a
Que saísse do convento
E voltasse para casa
E desse o consentimento
Para seu pai com o conde
Fazer o seu casamento.

Ela voltou do mosteiro
Fingindo-se decidida
Casar com o conde Páris,
A fortuna pretendida,
Que o seu pai Capuleto
Propôs para sua vida.

A casa dos Capuletos
Em polvorosa ficou:
Com os festejos de núpcias
A família não poupou.
Então, para a grande festa
Verona se preparou.

Na quarta-feira à noite,
Julieta, com cuidado,
Aproveitando a véspera
Do casamento marcado,
Fez tudo que frei Lourenço
Teria lhe ensinado.

Na alma de Julieta
O desespero bateu:
Sua aversão ao conde,
O seu amor por Romeu.
O que havia no frasco
Ela num trago bebeu.

Páris chegou de manhã
Pra ver sua pretendida.
Em vez de uma Julieta
Alegre, cheia de vida,
Encontrou-a inanimada,
Num leito frio estendida.

Que confusão se armou
No âmbito da casa inteira!
Páris lamentava a noiva
Que a morte traiçoeira
Arrebatou dos seus braços,
De forma fria e grosseira.

Para o casal Capuleto
A perda fora total:
Sendo ela a filha única
Que alegrava o casal,
Todas suas esperanças
Se foram no funeral.

Os adereços da festa
No funeral foram usados:
Os festivos instrumentos
Por tristes sinos trocados,
Os hinos nupciais
Em endechas transformados.

Se as más notícias voam,
Foi o que aconteceu:
Antes da carta do monge
Chegar às mãos de Romeu,
Alguém lhe contou em Mântua
Que Julieta morreu.

E naquela mesma noite
Romeu pegou a estrada.
Quando chegou a Verona,
Era alta madrugada.
Foi direto ao cemitério
Do túmulo de sua amada.

No centro do cemitério
Achava-se o monumento
Do túmulo dos Capuletos,
Todo de mármore cinzento,
Onde Romeu firmaria
Seu desventurado intento.

Pios de feias corujas,
Os inóspitos mausoléus,
Cruzes, ossadas humanas,
Os macabros fogaréus,
Arrepiavam os cabelos
Dos mais convictos incréus.

E nos espectros escuros
Das catacumbas geladas
Romeu parecia ouvir
As sinistras gargalhadas
De centenas de caveiras
Seguindo suas passadas.

Dos escombros funerais
Jogados numa valeta,
Romeu pegou uma pá,
Alavanca e picareta
E começou exumar
O corpo de Julieta.

Movia a lápide do túmulo,
Que lhe causava impasse,
Receoso que alguém
Dali se aproximasse,
Quando uma voz intrusa
Ordenou-lhe que parasse.

Aquela voz estridente
De tom ameaçador
Naquele local inóspito,
Escuro e aterrador
Surgiu fazendo Romeu
Tremer de tanto pavor.

Alheio a que se tratava
O tal homem furioso
Condenava a Romeu
Exclamando: — Criminoso!
Profanador de cadáver!
Necrófilo impiedoso!

Pois se tratava de Páris
Àquela hora passando
No túmulo de Julieta
Algumas flores levando.
Os dois ali por acaso
Findaram se encontrando.

Páris deu voz de prisão
A Romeu por ter entrado
Na cidade de Verona
Onde estaria cotado
A sofrer a pena máxima,
Devido ser condenado.

Na escuridão da noite
Daquele lugar horrendo,
Os dois entraram em luta,
O choque foi estupendo
Que resultou no final
O conde Páris morrendo.

Romeu se certificando
Quem seria o falecido:
Reconhecendo ser Páris,
Lamentou o ocorrido,
Pois se tratava dum jovem
Por todo mundo querido.

Apertou a mão do morto
Como parceiro leal,
Ainda pediu perdão
Do incidente fatal,
Prometeu lhe encerrar
Num jazigo triunfal.

E Romeu abrindo o túmulo,
No qual jazia a amada,
Percebeu que Julieta
Continuava corada,
Parecendo-lhe que a morte
Não a afetara em nada.

Acariciando o rosto
De sua esposa querida,
Romeu beijou-a nos lábios
Como última despedida,
Sem saber que ela estava
Apenas desfalecida.

Romeu bebendo o veneno
Que pegou de um boticário,
Morreu naquele momento
Sobre os panos do sudário
Onde estava Julieta,
Num leito do sepulcrário.

E frei Lourenço, sabendo
Pelo mensageiro seu,
Do atraso da mensagem
Que enviou a Romeu,
Para salvar Julieta
Pra o cemitério correu.

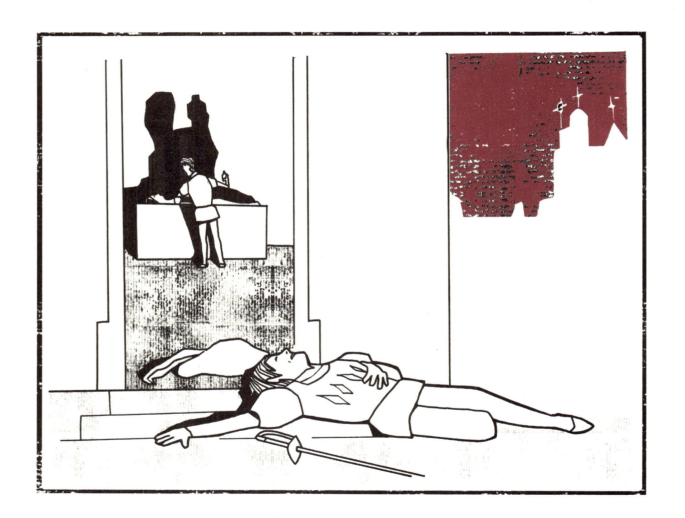

Munido de picareta
E de lanterna na mão,
Para livrar Julieta
Da sua triste prisão,
Quando foi surpreendido
No meio da escuridão.

Encontrou Romeu e Páris
Mortos, para seu espanto,
Julieta desmaiada,
Envolvida por um manto
E um riacho de sangue
Inundando o campo-santo.

Tentava compreender
O que ali se passou.
Na hora em que Julieta
Do seu sono despertou,
Por seu querido Romeu
Ela logo perguntou.

O frei tentou lhe explicar
Aquele mal entendido
Que o trouxe até ali,
Quando foi surpreendido
Por muita gente lá fora
Num temeroso alarido.

Julieta viu Romeu
Morto no chão estirado
E o frasco de veneno
Vazio nele encostado.
Culpou-se acordar tão tarde
E não salvar seu amado.

Ela beijando seus lábios
Num tom desesperador,
Aos céus clamava seu nome
Jurando por sua dor,
Disse: — Morrerei feliz
Ao lado do meu amor.

E Julieta cravando
Um punhal no peito seu,
Certa da missão cumprida,
Ela sorrindo morreu
Abraçada para sempre
A seu querido Romeu.

Todo povo de Verona
Compareceu ao local
Porque o pajem do conde
Avisou o pessoal
Que Romeu matou seu amo,
Numa contenda brutal.

O príncipe no cemitério,
Como grande autoridade,
Perante as duas famílias
E o povo da cidade
Exigiu que o frei Lourenço
Contasse toda a verdade.

O frei nos mínimos detalhes
Deu seu esclarecimento
Que os jovens pretendiam,
Por meio do casamento,
Das famílias acabar
Todo desentendimento.

Montéquio e Capuleto
Escutaram comovidos
A história do amor
Dos seus filhos tão queridos
E no final abraçados
Choraram arrependidos

Os dois decrépitos caudilhos
Perante as autoridades
Pediram perdão às vítimas
Das suas hostilidades,
Sepultando com os filhos
As brutais rivalidades.

Barrados pelo destino,
Aqueles jovens leais
Sacrificaram as vidas,
Tomando rumos fatais,
Impotentes, sem comando,
Ambos morreram pagando
Os velhos erros dos pais.

Montéquio pra Julieta,
A nora que Deus lhe deu,
Recomendou uma estátua
Imensa no túmulo seu.
Noutra Capuleto, tenro,
Homenageou seu genro,
O venerável Romeu.

FIM